寫給珊的眼睛

余小光 著

你在遠方的城市丟下一個確實的我

【總序】台灣詩學吹鼓吹詩人叢書出版緣起

蘇紹連

「台灣詩學季刊雜誌社」創辦於一九九二年十二月六日，這是台灣詩壇上一個歷史性的日子，這個日子開啟了台灣詩學時代的來臨。《台灣詩學季刊》在前後任社長向明和李瑞騰的帶領下，經歷了兩位主編白靈、蕭蕭，至二〇〇二年改版為《台灣詩學學刊》，由鄭慧如主編，以學術論文為主，附刊詩作。二〇〇三年六月十一日設立「吹鼓吹詩論壇」網站，從此，一個大型的詩論壇終於在台灣誕生了。二〇〇五年九月增加《台灣詩學・吹鼓吹詩論壇》刊物，由蘇紹連主編。《台灣詩學》以雙刊物形態創詩壇之舉，同時出版學術面的評論詩學，及以詩創作為主的刊物。

「吹鼓吹詩論壇」網站定位為新世代新勢力的網路詩社群，並以「詩腸鼓吹，吹響詩號，鼓動詩潮」十二字為論壇主旨，典出自於唐朝・馮贄《雲仙雜記・二、俗耳針砭，詩腸鼓吹》：「戴顒春日攜雙柑斗酒，人問何之，曰：『往聽黃鸝聲，此俗耳針砭，詩腸鼓吹，汝知之乎？』」因黃鸝之聲悅耳動聽，可以發人清思，激發詩興，詩興的激發必須砭去俗思，代以雅興。論壇的名稱「吹鼓吹」三字響亮，而且論壇主旨旗幟鮮明，立即驚動了網路詩界。

「吹鼓吹詩論壇」網站在台灣網路執詩界牛耳是不爭的事實，詩的創作者或讀者們競相加入論壇為會員，除於論壇發表詩作、賞評回覆外，更有擔任版主者參與論壇版務的工作，一起推動論壇的輪子，繼續邁向更為寬廣的網路詩創作及交流場域。在這之中，有許多潛質優異的詩人逐漸浮現出來，他們的詩作散發耀眼的光芒，深受詩壇前輩們的矚目，諸如：鯨向海、楊佳嫻、林德俊、陳思嫻、李長青、羅浩原等人，都曾是「吹鼓吹詩論壇」的版主，他們現今已是能獨當一面的新世代頂尖詩人。

「吹鼓吹詩論壇」網站除了提供像是詩壇的「星光大道」或「超級偶像」發表平台，讓許多新人展現詩藝外，還把優秀詩作集結為「年度論壇詩選」於平面媒體刊登，以此留下珍貴的網路詩歷史資料。二〇〇九年起，更進一步訂立「台灣詩學吹鼓吹詩人叢書」方案，鼓勵在「吹鼓吹詩論壇」創作優異的詩人，出版其個人詩集，期與「台灣詩學」的宗旨「挖深織廣，詩學台灣經驗；剖情析采，論說現代詩學」站在同一高度，留下創作的成果。此一方案幸得「秀威資訊科技有限公司」應允，而得以實現。今後，「台灣詩學季刊雜誌社」將戮力於此項方案的進行，每半年甄選一至三位台灣最優秀的新世代詩人出版詩集，以細水長流的方式，三年、五年，甚至十年之後，這套「詩人叢書」累計無數本詩集，將是台灣詩壇在二十一世紀中一套堅強而整齊的詩人叢書，也將見證台灣詩史上這段期間新世代詩人的成長及詩風的建立。

若此，我們的詩壇必然能夠再創現代詩的盛唐時代！讓我們殷切期待吧。

二〇一一年七月修訂

〈腳趾頭〉

——題余小光詩集

黃錦樹

小光修過我的課，他其實長得不像詩人，上課的名字也不叫余小光。教書其實不過是謀食（如周作人所言），倘不誤人已是萬幸。多年來確實有若干頗能寫些詩文的文藝青年來聽我胡說八道；似乎沒有人順當的走上寫作之路，出個人集子的也彷彿沒有（也許出了沒送我）。小光要出詩集，要我寫幾句話，但我其實不會為詩集寫序，那多半得去找詩人。他又說我寫什麼都可以，那我就不客氣了。茲截取他詩中的某些詞句，忝為修補匠，增減拼貼為〈腳趾頭〉以為贈。

背光的午後，鏡子
在窗外
未曾抵達的雨季

雲都在畫裡
腳趾頭
舔舐早晨的對角線
貓逸出畫框
一隻鞋
夢到月光。
跳蚤
揹著濤聲、貝殼
和貓頭鷹

陽光傾斜
從夢裡逃逸的影子
拖著破鞋
注視
門、銅板、鈕扣

和斷裂的指甲。
傷口
安穩的練習說話
種樹
在土與火裡

做了一個你也做過的夢
孤獨地，成為岸
不再有祖國
字與字間
木訥的腳，遺棄的
鞋。風
與
灰燼

後來的海

——給余小光

莊仁傑

親愛的水手
我這樣低喚，就像叼咬自己的耳朵
一開始你很憂鬱
後來你以沉默呈現接受
有點麻痺的刺痛
把軍艦的旗幟用無意識的手
平整而升掛
拍擊著
太平洋上的遠風
整片整片的嚴冬

後來，我離開不久的後來
你穿起同樣的水兵白甲
同樣的燙線滾在胸前與大腿曲線
延伸直到後來同樣的海
在MSN上，後來充滿泡沫的MSN信號閃爍
你問我是否記得
同樣的岬與岩
磯石與海鷗
飛魚與垃圾
島的肌肉划向不停閃爍的游標
我搔搔腦後，以未被嚴禁點菸的兩根指頭
你說難過，水密門般的胸口艙孔蓋般的頭
光是攜帶詩的脾氣而沒有

任何暈船藥品也沒有銳利璀璨的物飾
更沒有酸梅與糖只有
擦亮的軍用皮鞋　一雙（校閱用）
你說喝酒都沒有
長官趁夜行前將小兵的疲倦席捲早上刷淨的甲板
明知隔日又將沾滿油滑的鹽霜，也沒有
安慰　沒有　通聯訊號　沒有　海
被夢見過

不能太晚
想念，珊始終都在
世界的另外一邊她在等待
無需錨鏈的彼岸她在等待
你說嘔吐
艙間顛簸仰頭海天都是無盡航線星星熱得駭人

冷得只剩身體
你說怔忡
不准再想了，太晚
你說等待
距離值更你只剩下半個夢境的睡眠，在等待
疲憊是持續的仰賴

親愛的水手我想低喚，但你說別
這樣叫我
這樣叫我
總會令人想起那些同樣討厭同樣筆挺同樣
沾滿鏽苞的柵欄在海上
永無止境震盪的湧浪
有點酸
後來你只願意談起那個

那個安靜陸岸洗完澡慢慢晾乾身體
甜甜的女孩
她可以睡得很飽吃得很好令人妒忌令人懷念令人何其有幸
悄悄臥成一種珍貴的後來
後來的珊，也偶爾想念那個挾帶詩句乘以海的深邃
將天真與之退還，數算退伍日期
的男孩
直到相隔不遠的後來……

很久沒回去了，後來的海。

昔日軍中同梯年前曾捎來郵件，說艦慶在即，基隆東五碼頭，一起回去嗎？隔了一夜，移泊蘇鋤特三。海軍瞬息不定的行程仍是老樣子——要回去嗎？朋友很好，但對於後來的海，我有點猶疑。

曾經，W在我退伍之際，兀自淹沒那座標定了歸期的島嶼。如今，我卻不再是那個內心陰鬱、肌肉黝黑的水手，早已對窄仄船艙失去戒慎警覺的力氣。因此，我

不確信，重返海上密閉的場域，會追喚回怎樣早已褪逝的情緒，又或者追喚不回任何情緒的空虛。

後來聽說余小光分發至相似的單位，面對同樣閉鎖的空間、晃蕩不絕的海艦生涯。

又一個新的水手，在後來的海上寫詩。

於此，余小光找莊仁傑寫序，其實重疊著多重因由——是為了他曾因我的推薦，首次詩作遠渡美國發表的緣分；也是為了兩人先後擔任海軍艦艇兵，繼又透過《吹鼓吹》先後出版詩集的機遇；甚是為了我們各以愛戀作為思軸，貫串作品，統一成輯……

從未正式見面的網路世界裡，我與余小光起先談論的多半是詩，後來是海，再後來則是身為一個自由創作者，受困於必然體制內，生活的平衡。

而在類似的情節與緣分之間，我們各自迂曲不同的創作與生命。我是這樣走過，且帶著自我回顧的意味，向他追問：你如何認定你的特質？

詩人淡定簡潔地說：抒情。

余小光在後來的海，絕非僅止於一片冷寂；後來的海，洋溢著無限情感。

後來的小光，詩作變得溫柔而且堅毅。

既有的浪漫，在經歷軍旅洗鍊之後，已將原本略帶青澀的淘氣、生硬的鋒銳，逐漸轉煉成為一種堅固的柔情——那或是艙間漂泊的原因，教一個暫別關係的詩人，親眼目睹了最廣闊也最擁擠的孤寂——遂留給岸上切盼殷殷的珊，一對越益珍貴的眼睛。

於是在小光的詩裡，我們可以看見一個詩人有意識地，自我省思而後沖淡了自己，他突破詩人常態於第一人稱的自戀性格，將「我」弱化成對「你」的同情、為「他」的設想，也就包含了「我們」的寬慰與「他們」的往來。

小光在詩中不斷強調人稱的鋪敘，局部逐步地撐起一個抒情愛戀的宇宙，彷彿於鄉愁搓揉間，抽離了自己，而以那條細韌綿長於他方的孤獨，緊繫至思念的故里。

這樣推擴的過程牽繫於一條綿長的相思，自開篇〈寫給珊的眼睛〉之中，余小光寫到：「香味使我想起你的特徵／——黝黑的瞳孔彷彿白晝／裡最濃厚的顏色，帶了一點／冬季的顫抖但是沒有下雪／偶然發現你正透過我看見自己」，便已預告了一種將「己」投交於「她」的情意。而至〈孤獨地，成為沿岸〉：「我一直凝神你的島嶼／時常聽見說話聲：／一些文字，依序答數／逾期的日子與陌生的國度」，則看到詩人即使艱困於體制、距離於現實，卻依然神往她處的凝視。其後還有〈寫給貓頭鷹〉：「他們要你飛行。傳說／你的靈魂尚未降落／沿路尋找標記的符號」，則將整體的愛與愁，抽像為宛若神話的自命性格與其侍奉的信仰。於詩集首輯之中，即見詩人試圖將自我的有限，拋諸於遠方的無垠，是將思念推擴為信念，也是將情緒的掙扎鍛鍊為詩意的跨越。

以至於到了第二輯，泰半以「你」作為敘稱對象的作品，則開拓出詩眼所見世界觀，一徑延伸至大規模以「海」作為主要意象的第三輯。其間情緒縱有萬千，時而絕望、時起抗議、時而激進、時又冷靜——但小光始終維持著一種「牽繫」的態度，把自己的情感用詩，綁結在彼端對象身上；把愛的存在，設立為一種歸鄉的理想——與之飄搖或者起舞，都有他堅定的自甘。

直到第四輯，即便觀涉於時事、坐落於現實，詩人仍將姿態縮小為一種低頭的悲憫、一種靜謐的後退——「倚著欄杆／做了一個你也做過的夢」。小光如是說，都願為了你。「我一行一行的寫詩／卻一行一行的消失」，寧可消失自己，也要粹化一本為愛消融的情詩——轉圜為余小光付諸生命的表述，是那樣的透明清晰，那付託於珊，澄澈而深邃的傾心。

因此當我回首詩人所謂「抒情」的意義。

抒情需要一種決心。

一種將眼神所望凝練於無盡距離的專注。

一種把思念搓得綿長而且柔韌不斷的毅力。

一種把固執鑿空、把稜角磨棄，再把對方輕細地端乘捧起的堅定。

抒情是余小光在後來的海上所學會的一種成長，一種飄浮於汪洋、站立於體制的生存之道，一種自在遨遊、順暢呼吸的秘技與詩藝，也是一種對詩、對愛，對那座成為鄉愁的島嶼，所醒悟而知珍惜的追尋。

即使後來的海，我終究沒有回去，但就余小光〈不再執意的迷航〉的低語：「假設還有如果彼此相遇／精準地想像島嶼的臉孔」，也許我在後來的陸地，會慢慢找到同質的勇氣。

註：〈後來的海——給余小光〉一詩創於二〇一一年三月，為余小光向我邀約序言時所撰，其後發表於《笠》詩刊。

洞悉世界的詩眼

——讀余小光詩集

郭哲佑

雖然年紀相當，但小光其實是我的前輩，早在青春無敵的高中少年時，小光就開始在網路上發表詩作。那是五、六年前，網路論壇興起，網路寫作者開始有更多交流，從自己的孤獨房間走進談詩論藝的武館，彼此切磋激勵，激盪出一首又一首的佳作。而這些網路創作者當中，最重要的一群我以為正是小光這一輩（當時他還叫作可火）——年輕無畏、敏感好奇，正努力拓展所學，保有不被現實過分牽累的真摯，在網路上舉辦自己的秘密集會。許多年輕優秀的創作者便從這裡開始，綻放出奪目的光芒，預告了將來的成就。

我總是遺憾自己學詩太晚，沒能目睹、參與這類盛事。而小光幸運的身處「網路詩社」當中，年紀極輕便已學習詩歌語言，運用詩歌觀看世界，幾年過去，小光的詩作於是顯得格外圓熟——小光發展了自己的一套語言邏輯，詩對他而言似已不只是藝術的追求，而是一種有別於日常語言的符碼，更美、更精鍊，等待我們從中探尋詩中隱藏的哲思。那是小光自己創造的世界，安放了許多在現實中難以言說的部分，必須領會其間特有的思路與邏輯，才得以進入作品的脈絡。

有了這樣的武器，便可輕易的將各種題材幻化為詩。從小光的詩作中可以看出，小光詩寫的勤，題材也廣，各種幽微的情緒都能掌握，透過自己的腔調來訴說故事。而其中最重要的，我認為正是他面對自身的反省：如時間、慾望、寫作等等。

關於風的追逐必須從你
的天空開始說起：習慣
模擬自己的死亡用一些
雲一些夢擱淺在無法
理解的文明

如果偶然想起睡姿
被動的情慾可能
有對峙時的茫然
那時我將不再信仰憂傷
你或許會願意離開天空

——〈你的天空〉

這首詩充分顯現小光詩作的一大特色：反覆質問、思辨，看似有主客之分，實而他人亦是自我的投射，藉由辯證追尋生命的種種解答。

又如〈寫給珊的眼睛〉：

香味使我想起你的特徵
——黝黑的瞳孔彷彿白晝
裡最濃厚的顏色，帶了一點

冬季的顫抖但是沒有下雪
偶然發現你正透過我看見自己

此詩書寫與戀人的互動情景，然而此一戀人「不存在我居住的領域」，一切的交流都只在主角的夢境之中，在醒來之後又落空。作為本書的開卷之篇，且又為詩集之名，我們似乎可以從中看出小光核心關懷：寂寞的獨白，生命的徒勞，慾望與追求慾望的失落，而記得所有流逝的美好。如〈名字以外的島嶼〉、〈在夢境中解釋或許是一種美〉等等眾多我所偏愛的篇章，都可以一再印證，小光是個如此認真對待生命的人。

然而從小光的作品中，亦可看到諸多前輩詩人影響的痕跡：如夏宇、許悔之、鯨向海等等，這說明了小光並未拒絕對外溝通，甚至是如此致力於學習適當的發聲方式。因此，我們也可以看到這樣的詩作：〈他們看著我們看著他們——致八八國難〉、〈鐵線加工廠〉、〈印象・馬祖〉，對外在世界的關心與回應，小光也總能找到適合的形式。

你來，你走。橫越
跨時代的年限，將族人們
導向光明的部落
因清醒而不至於深睡
你是他們永生中的嚮導

——〈寫給貓頭鷹〉

因為詩就是詩人永生的嚮導，唯有詩，能在時代的流轉之間，抵抗人的孤獨與冰冷，留存脆弱的信仰，觸及永恆。在年輕時便開始用詩來認識世界，小光於是輕易的跨過了現代詩寫作的難關；他的詩不僅只是提煉美而成為藝術，在小光的眼裡，詩賦予世界意義，成就一切答案的核心。

寫給珊的眼睛

content

輯二 如果在遠方

輯三　鯨向海

輯四　光塵

輯一

寫給珊的眼睛

寫給珊的眼睛

陽光親吻手指，我
描繪你的臉孔作為
輕微抵抗。今天的你
不存在我居住的領域

如往常，遇見了一種體味
關於你使用的沐浴乳和
洗髮乳；它們被迫分解
放置在臥室的每個角落
包括未曾抵達的細微

香味使我想起你的特徵
——黝黑的瞳孔彷彿白晝
裡最濃厚的顏色，帶了一點
冬季的顫抖但是沒有下雪；
偶然發現你正透過我看見自己

更難忘卻還有清晰的
摺痕，使你精神許多
總在彼方注視我所有的
舉止，連一些瑣碎的習慣
都被你植入成為養分

我懷疑它們尚未停止生長。
漸序擴張直到所有人感覺

羞恥，害怕某些比擬的行為
你說我可以前往探索

始終靜謐如一隻休憩
的貓。說了一些話語
屬於夢的媒介；當我
屏氣凝神的同時
已然闔眼

二〇〇九年十二月三十日
發表於《笠》詩刊二七七期

後現代早晨

夢被陽光撕碎
單人床和順時針一樣
刺眼，我撿起聽覺
擺放在浴室
天花板降下一場雨

忘記為了什麼必須
打開世界，不能夠躲雨
選擇流浪。知覺
五分鐘之後會來
我還沒有撐傘

潮濕開始負成長像一條
拋物線在臥室滑行；
一道閃光懸在視線的
角落，雲層攜帶幾顆
情緒的核彈，準備

擺設在我家門口
美化乾燥的抓痕：
牆角匯集一條河流
想駕駛遊艇從三樓
離開，讓鞋子放假

放棄對話
赤裸的上半身正在
練習呼吸；找不到
自己的重要部位
一直到你來。敲門

二〇一〇年六月十五日
發表於《字花》三十二期

不再執意的迷航

——致L

（I）

你居住在我遠望的島嶼
時常聽見你的腳步聲
某一個折射的午後
我們清醒相互閱讀
彼此的輪廓。一張雙人床
放在潮濕的密室

你躺在我左手的掌心
安穩地練習說話

當睡眠的意象宣告走失
我留下一只耳朵
躲藏你呼吸的胸口
假裝聆聽那些不屬於我的故事

（II）

過於安穩的語調讓我們
選擇一起衰老和駝背
在一個迷霧揣摩的夢境

那裡沒有風更沒有方位
唯一能掌握的只剩下臂彎所及的地方

你知道這裡的五月還是冬天嗎？
我們被季節幻化成為羽族
進行一種過渡的抵達
如此便不再眷戀真實世界的痛覺

（Ⅲ）

偶然棲息一幢無力的燈塔
視線張開成港口的天空
遙望承受的情緒
從船鳴聲中遠行

最終的我們還是面臨流浪
在太平洋隱形的航線
尾隨亮光和飛魚的躍出
觀看星群密藏的奧義：
傳說它有一道傷痕
流放在回航的路途
假設還有如果彼此相遇
精準想像島嶼的臉孔
或許我們不再執意的迷航

二〇〇九年四月三十日
發表於《風球》詩雜誌第三期

某些討厭的人

哈囉其實是不需要的行為
某些討厭的人看見
就像一隻瘸腿的狗
沒有理由證明陰天和晴天
有綜合性的可能被加入
甜份但是螞蟻不來

難以領悟虛偽的告解
拆解一些情緒
和貓咪趴臥的姿勢
不能夠和藉口出遊

至少可以嚼口香糖
在家裡的沙發有大聲的音量
如果再見是傷害愉悅的
禍首或許視而不見
比較起來顯得得意一點

二〇〇九年十月二十七日
發表於《創世紀》一六二期

第一場雪

第一場雪飄散在你
耳際，正當我檢閱書籍
的臉孔。一些些錯落的灰塵
兀自伸展為燈照下
慌亂的情緒

某些氛圍攜帶昨夜
未完成的語氣，沿著視線
緩慢成長，直到你走進
臥室，它們漸序離去
抵達一股溫暖的呵氣

你卸所有溫度包括
疲倦的圍巾和一雙喘息
的毛襪；架起風衣等候
一陣蝕骨的冷以及
方向錯置的切割

我們都知道雙人床一直
沒有離開。你走進我
建築的島嶼，做了個夢
如何成為獸族的冥想
關於一些爪痕和咬嚙

二〇〇九年十二月十八日
發表於《創世紀》一六六期

寫給黑鷹

你忘了詢問，我們也沒有提及，那雙翅膀最初的顏
色。屬於一九九三年的情緒，書寫在秋天的臉孔；
道別了熟悉的新大陸，來到一個塗滿黑色的國家。試
圖以自由之名翱翔，卻必須接受一種襲擊的痛楚——
關於民族絕對的抵抗，品嚐短暫抽搐的癮。

抵達索馬尼亞，側身飛進它們的信仰；一種凝視自
低處往高處拋擲，瞬間麻痺所有細胞，連呼吸的權
利也受到監視。他們不要我們經過，我們屏棄妥協；
終於還是被射落，成為拖曳的屍體但是不能拒絕。

總以為距離死亡很遠，所以沒有記憶它的長相，只剩下靈魂清醒；同行的夥伴漸序遠行，留下滿城的喘息聲和模糊的名字。一直以為這是一場惡夢，如此而已。

二〇一〇年一月二日

發表於《掌門詩學》五十八期

小情詩

今天晚上沒有影子
你成了唯一的風

執筆，加點情緒
寫一張明信片
關於我們旅行的意義
以為你也知道
編號NO.1

二〇〇九年八月二十六日

寫給貓咪

背光的午後，我們
都醒了；不能行走以為
瀕臨夢的邊界，你躲藏
在鏡子裡面，丈量彼此
揉眼的距離

窗外的憂鬱，模擬天氣
你踩踏人群的步伐
陷入街道成為急流，蔓延
城市隱藏魚骨頭的角落。

喵喵，是情緒的顏色；尾巴
高舉，刺探沒有臉孔的方向
逆風的棕色毛髮，為了旅行
漸序脫落

你溫柔的爪子，正秘密探尋
合適的鞋子。一如往常，調整
月光的角度，在下一個十字路口
左轉，遇見了熟悉的守衛，但是
沒有問候；你習慣在床底找一個
位置，舔拭我的腳趾頭
構想明天流浪的路線，當然
也包括今天夢的捷徑

二〇〇九年四月十一日

發表於《乾坤詩刊》第五十四期

註：此詩原名為〈背光的午後〉。

孤獨地，成為沿岸

（Ｉ）

把情緒裝載成一封信件
郵寄，給你的箱子
一些文字踮起腳尖
描述隱匿的港口。或許
瘖啞，但你會簽收
我背著海洋來看你的樣子
——臉孔旅居在信紙上
時間的包裝從封口處卸下

我的名字，需要一些乾糧
餵食自己：信仰讓我們懂得扮演
合適的角色而不再錯過彼此

檢視遠離的某些焦慮
——你迫使我開始學習
單獨的步伐，留下兩人記號
關於你的一切，遠方的睡姿
都依賴在被單上面；如同我們
豢養淺灰色的貓，會選擇一塊
鍾情的角落，趴臥成午後的陽光。
你攜帶的圍巾因視線過於遙遠
脫落成一場雪

（II）

聽說，北半球抵達了冬天
——我也遇見了一場雪
整片草皮輕微地抵抗
冰冷的雪練習翻轉
親吻路人的足印；因為旋轉
想起打賭時拋擲的一枚銅幣
我們製造一些距離天堂
很近的注目。過去的日子
俯衝落地的音質，預測
我們正反面定義
無關乎誰的情緒

我一直凝神你的島嶼
時常聽見說話聲：
一些文字，依序答數
逾期的日子與陌生的國度
以新鮮的牛奶，貼聽深夜
種植的秘密；如同你知道
我在南半球的港口，收集
純度極高的愉快，橫越
溶解的季節在發聲的原點
孤獨地，成為沿岸

二〇一〇年三月一日

存在

——寫給壞孩子的黃錦樹老師

他們偷竊巴西的植物
播種在你的眼球和胸毛
灌溉胸口，決定
讓童年偽裝養分
長成一棵流淚的樹

或許潮濕，擦拭
旅行的捷徑
一張新加坡的臉孔。
你來，居住

祖國龜裂的情緒
關於寂寞島嶼的
地理中心

你妄想在夢境中確認
家鄉的座標但是沒有
地圖。點一把火
在馬華叢林尋找
一種尚未命名的細菌
讓靈魂不再掙扎
橫越島國的國籍

終於你醒來了
守護著伴侶與小孩。

建築一座莊園
同時角色扮演
重生在最前線的壕溝

二〇一〇年五月二十七日

帶著音樂在黑色裡死亡

高分貝的弦音已經
穿透城市所給的吶喊

我領走一些你不要的
音符，準備在樓頂抵抗
純度極高的音質。嘴唇
輕抿食指，決定撤離
你的居所；方向
逆風，有種擁擠的錯覺

拋擲那些不能帶走的

竟然也包括了自己。
留下拼湊的臉孔和
等待指認的靈魂
填寫在你鍾情的聲帶
人行道上有許多身影

不能清醒的悲傷，有人
開始冥想我的輪廓
當然也有你；寫給你的和弦
有我按壓的指紋以及獨家
的聽覺。一直忘記告訴你
路過的時候請記得給我
一個合適的起音

二〇一〇年一月三十一日

寫給貓頭鷹

微風踩過節奏的月光
獨自在轉身的剎那皺起
眉尖。你選擇逃亡
向森林的情緒告解
將整個世界倒立
抖落下一些致命的雜質

關於貞潔的生命，多數
信仰寒冷；族人們引領你
向羞赧的界線，承受
凍結的飛翔。孤獨地

在長鳴聲中重複死去
他們要你飛行。傳說
你的靈魂尚未降落
沿路尋找標記的符號
終於你成為獵人槍管中
陌生的面孔，一切航道
的路線都會遇見尊崇

偶然旅居在偏好的屋脊
——倒掛夢境，說了一些
黑白的字眼。他們總是
安然地傳承族人的使命
渡過幾個尚未命名的虧欠

你來，你走。橫越
跨時代的年限，將族人們
導向光明的部落
因清醒而不至於深睡
你是他們永生中的嚮導

二〇一〇年六月二十七日
發表於《創世紀》一六五期

輯二

如果在遠方

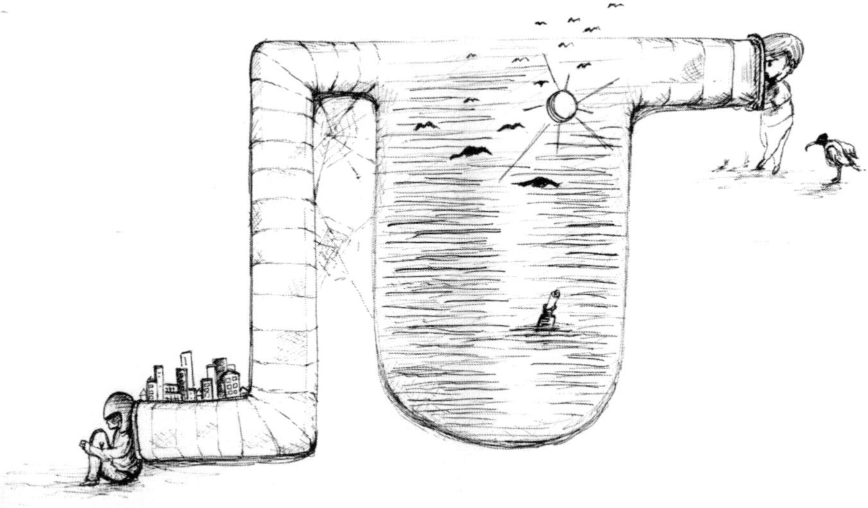

如果在遠方

如果你在遠方
那麼，陽光是傾斜的

傾斜的角度在遙望之後
剛好是一個海平面
你像一艘邊城的小船
停泊我畫出的框線
將自己放進圖片欣賞
直到下一個買家老去

直到下一個買家老去之前
我們仍然不斷地揮手
而海浪就這麼被甩得很遠
眼睛親吻潮濕的風向（或者說是你的方向）
記得你說過遠方的遠方
季節的尾巴會結冰

季節的尾巴隆起了一座城市
彼此像兩條平行線卻說著永遠
我把你的臉孔寫成文字
流放來不及跨越的太平洋
距離讓疲憊都成了上癮的頹廢
因此無法分辨自己

無法分辨自己的存在與意義
只好選擇與候鳥平行
橫渡飛行過的記號。
如果此時你在遠方
我將以你的名字紀念你的名字
假設是一種最沉默的對質

二〇〇八年三月十七日
發表於《風球》詩雜誌創刊號
獲第七屆水煙紗漣文學獎佳作

舊愛

你丟下了過去
旅居在大西洋的側臉
每天早晨固定翻閱
昨日彎曲的情緒咒罵
這個世界；偶爾
在梳妝台前比手畫腳
微調一些讚美的語調

輕微上揚，模仿
自己的髮型：燙捲
毛髮滿足你短暫變形

的慾望，卻無法節制
名牌的信仰比如
PRADA與CHANEL

我撿起了現在
裁剪幾張合照
覆蓋在逾期的相簿
寫下最後一行詩句
並且加註我有時候
也會想起你的死活

二〇一〇年十二月十日

近身

清醒的時候，你
還在夢的世界找我；
留下一張紙條，用自己
的靈魂典當畫押
成為嫁妝

早晨乘坐鳥鳴來到
窗檽，我沒有向它道聲
早安。只是躺在雙人床
偽裝你身體的一部分，比如
纖瘦胳臂或者倔強的臉孔

光線走過眼瞼，停留
在牆角以為那裡是第二個家
但是還有陰暗。我注視
你的嘴唇，試圖解讀
抿嘴的情緒

你說了一些我也不懂
的文字，呢喃成為句子
沒有逗號和句號紋身。突然
你選擇轉身隱蔽所有探索
包括了我的猜測

二〇〇九年十二月十三日
發表於《字花》二十七期

你的天空

你在遠方的城市丟下
一個確實的我，獨自
冥想為一隻候鳥橫越
幾個城鎮包括我所居住的
過去。

某部分的存在已經被你
風乾懸掛衣架上面等待
時間的隱喻。天黑以前
風的追逐聲總是大些
直到我發現的時候

關於風的追逐必須從你
的天空開始說起：習慣
模擬自己的死亡用一些
雲一些夢擱淺在無法
理解的文明

如果偶然想起睡姿
被動的情慾可能
有對峙時的茫然
那時我將不再信仰憂傷
你或許會願意離開天空

二〇〇九年十月十八日
發表於《字花》二十三期

知道你所知道的

再過去一點就是你
的領空，我選擇坐在
箱子上寫字

某個被搬移的下午一再
靠近，縮短了回音行走
的距離，以為可以淋場
大雨成為潮濕的透明

或許失望不是那樣
的沉重，一些掉落

的銅板錯過彼此
的身體，因為期待
而旋轉而沒有目的

過於模糊的字跡有夢
的味道，在遠方的城市
閃躲不太寂寞的雨
只能知道你所知道的

二〇〇九年十月十八日
發表於《字花》二十三期

你始終沒有走得夠遠

如果遇見清醒之後
會看見啤酒色的早晨
能不能放一把火
燒毀昨日的靈魂
在堆積如山的泰迪熊中
忿戾拆解它們的四肢

然後靜默如貓
找一個角落觀察
還原野性的猙獰。
或許，一些傷痛的言語

扎進溺愛的眼神
不得不脫下刺青
找回純淨的裸體

關閉一扇最近的門
反鎖。我以拳頭撞擊
隔絕的牆卻一再深刻
痛楚的知覺。你始終
沒有走得夠遠

二〇一一年五月二十九日
發表於《臺灣詩學‧吹鼓吹詩論》十三號

印象．馬祖

你已然不再曾經
在一個太過去的年代

沿著氣味行走
目擊許多靈魂
躲藏在國境之北
或許靜謐
他們選擇遺棄城市
在此偽裝停止呼吸的愛

你知道那些我所不知道的
應該知道例如這裡的
季節很亞熱帶以及
海洋性的氣候導致了
分明的情緒
如果燕鷗們確然地離去
你存在的島嶼將會一無所有

當迷霧傾斜了存在同時
早晨的燈塔溶解在牛奶杯裡
攪和了一些蘿蔔酥餅
以為遠方的船隻能夠停留
成為明信片的風景

夫人村距離港口剛好是一瓶啤酒
聆聽老兵多年前的腳步聲
排列在同一個碉堡
預備射擊彼方對生存的局部誤解
彷彿一切戰爭還沒有開始

二〇〇九年四月十一日
發表於《創世紀》一六四期

城市早晨

吞吐一些牙膏，穿上
時間。乘坐在母親尚未
睜開的眼睫毛，一路向北

往人潮聚集的場所，但是
沒有熱鬧可以探望；彼此陌生
像蒼老以後鏡子裡的自己
匆忙跨越軌道，以一種
踮高的角度

眼睛是風景，在遠方緩緩
成為聲響駛進所有的吵雜
一位父親試圖切割小孩
的聲帶卻不忍打擾空氣中
隱匿的憂鬱情緒。老爺爺
的行李最安靜了

背對家鄉，離開一些
熟悉的畫面；母親
的身影是道別的老場景
我懷疑自己不會哭鬧
在一個小孩的面前

直達埔里城的識別證，寄放
一張薄如空氣的亮黃顏色

二〇〇九年十二月十日
發表於《笠》詩刊二七七期

失序過後

靜坐，在暗室的隅角
燈火隕墜之後自刎
我舔著若無其事的雙手
拾起、擺上

一陣翻轉後
書頁的秩序飛向沒有出口的天空
我試著捕捉一些靈魂卻丟失了自己

鏡子裡我是隻狼狽的流浪犬
偶爾叼起碳筆圈下自己的影子

有時候會對著另一個自己犬吠
一根狗骨頭總是欺騙不了飢餓
幻想把問號拉成驚嘆號
沉溺假設的幸福是不被允許的
我記得上帝這樣說過

靜躺，在暗室的隅角
假裝死亡，忘了呼吸

二〇〇六年五月十九日

許願池

一枚慾望的拋擲，居住在廟宇的角落。屬於水的天氣，充滿期待的戲劇，表情在許願。水池一再放大，直到置入了意義。重疊的硬幣，停滯陌生的區域，決定把悲傷變得隱密。

所有情侶，將自己說成誓言，寄生在銅製的貨幣，以拋物線回憶存放，聽見輕聲的嘆息。它遇見許多悲劇，被遺忘的廣場，包括一對不倫的戀人，這裡有他們的句點。

太多的我愛你，只能沉澱，長成青苔，愛情滑倒。過往的瑣事，依序被時間抽離，像一場安排的雨，漸漸來襲；如果言語出走，變成一種謊言，那麼神聖的定義，只是原始的美麗，當衰老的同時，悄悄被死神重複翻閱。

二〇一〇年三月二十五日

發表於《掌門詩學》五十九期

我

我，選擇一個人
在太平洋上等待
等待撫慰；
從腳趾頭開始
直到咽喉的部位

無意識感覺到
指紋的按壓
像一種搔癢的幸福
總是緩慢地被神經遺忘
甜蜜卻不想忍受

如果她知道我所承受
的一切，會不會停止
裸體的誘惑：暗紅色
的乳暈正瞄準我的
臉龐，準備進行
性慾的鬥爭

漸漸地，我遺忘了
自己的座標
傾向血腥的方向
不再高舉著雙手抵擋
風和記憶裡的槍聲

二〇一〇年十二月十日
發表於《臺灣詩學・吹鼓吹詩論壇》十二號

破城之後

總是在拉弓與放箭之間
釋放一些僅存的效忠：
關於純度極高的風
尾隨馬蹄的異族襲擊
彼方而成為長城的狼煙

我用一把青銅刀砍下
喧囂的頭顱，使每一滴血
都有祭祀的名稱。天空
中的箭矢几自成序
集體冥想著亂世的夢

拋物線的死亡扎進身體
致命的準度已經吹起
遠方的橫笛；我斷臂
離去承受破城的情緒
選擇一座寺廟，盤坐
成為巨響的鐘

我敲打木魚，回想
千里之外的亂葬崗：
整片黃沙掩蓋著悲傷
一個歷史的傷口正緩慢地
為一本斷代史結痂

二〇一〇年五月十六日
發表於《笠》詩刊二八一期

輯三

鯨向海

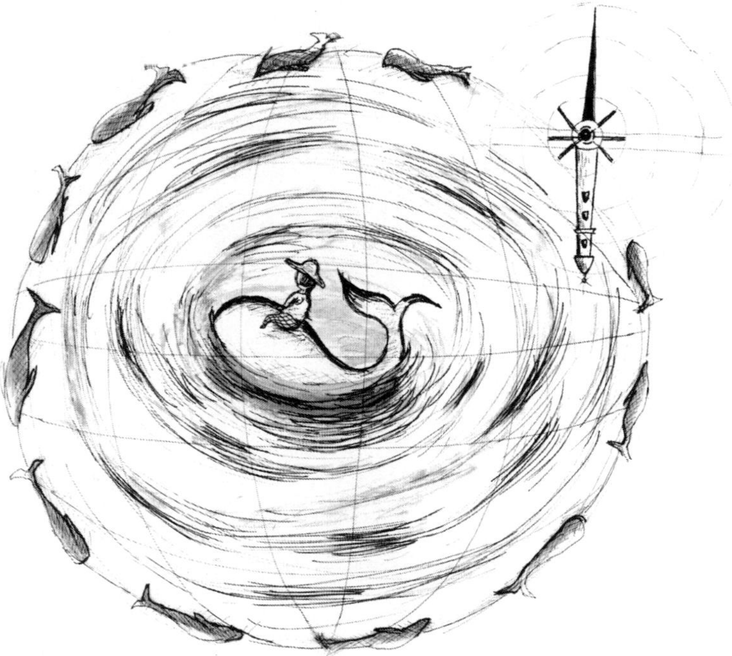

鯨向海

雨季來臨以前，乘坐
一頭離群的鯨魚
往浪濤的方向逆行
直到成為遠方的天空
與海岸間隔幾個噴水的距離

當深藍色的憂鬱不再海洋
便進入深遂的思索
關於群體的生活或者
同居。我始終沒有閱讀
你放在海邊的卡夫卡

尾隨洋流來到一個陌生
的燈塔，選擇逗留
質疑天狼星的忠誠。
於是你熟睡了
我不要你醒來

我們確切帶了地圖
和避孕藥，試圖釐清
家的方位突然有一種飄忽
的錯覺。以為身軀可以
抗拒不再顫抖，性慾
卻遺留在北方的島嶼

二〇〇九年十二月三日

做了一個你也做過的夢

（Ｉ）

昨夜，染上死亡的癮
被拋擲到彼方
進行一種模擬
關於偶然而不確定的情緒
當我以為離你夠遠的時候
聽說你已經不再眷戀喧嘩
那時我感覺到滅頂前的哀傷

蔓延往血液到過的地方
包括一雙相似卻異同的眼神
流下了瘖啞淚水

（II）

我總是盼望著馬宏果
距離阿爾及爾不是這樣的遙遠
或許一場夢的長度就能夠抵達天堂

如往常，準時出發
在清晨寂靜的港埠
行李流放在海洋表面
以眼神為槳，划過憂傷

任由它們恣意搖晃
將回憶拉成安詳的臉孔

我旅途的地點也是你的終點
一間年代踩踏過的舊宅
聳立且無神面對遠方
想在風景裡尋找黃昏

（Ⅲ）

離開憂傷之後安穩地熟睡
在一棟陳舊的公寓
偶爾做著獸族的夢

黑夜的名字距離寂寞很近
我們凝神
約定在電影散場以後
還原自己最初的原型
以及慾望高漲的口慾

（IV）

用香菸堆疊午後的天空
煙味充滿折射的街道
我佇立陽台
讓忙碌迷失回家的路

一群男人與女人
從下體走過
（V）
倚著欄杆
做了一個你也做過的夢

二〇〇九年七月二十八日
發表於《創世紀》一六二期

低等動物

膚質是冬天
觸感屬於整個夏季

乞討陽光注視，如往常
你脫下偽裝的道德包括一雙
高跟鞋和虛偽的乳房。真實
的好像雨淋的惆悵
意外地在一座南方
島嶼發現你切割的聲帶

拾起，放在棉布裡面。
握住了某些秘密——
那裡有一座花園但是
不種花，可以清晰聆聽
嘶吼的喘息聲。沒有隔音
導致天堂和地獄一樣喧嘩

你是一隻訓練有素的貓嗎？
或者，是缺乏忠誠的狗。記得
你，總是享受入侵以及逃逸
習慣在無人的廣場或是
單人床上兀自咆哮

你生病很久了。全身赤裸
塗滿藍調的氛圍，尾隨舒緩
的節奏逐漸瘋狂留下幾滴
泛紅的淚水，有點苦澀和腥味
其實你只是索求陌生的擁抱
關於慰藉和難以言喻的生理惡習

二〇〇九年十二月五日
發表於《創世紀》一六二期

名字以外的島嶼

（I）

當我再一次甦醒
同時生命線蔓延了
它沿著掌紋禁錮
所有的動作以及表情
我永遠像一個小孩
你如是這麼說著

清晨，我用陽光寫字
把那些沉睡的日期
和一雙看不見世界的流動瞳孔
依序放進冬天那時
購買的再生紙筆記本

你還記得嗎？
枕頭上堆疊著沒有信封的緘札
你用衰老和血淚書寫
我記得有段文字——
「如果，假設還有如果
請允諾我的靈魂在你心底
撕下一塊角落或者成為一條
索然的枷鎖。」

我的筆在信紙上刻下一首長詩
猶如記憶中的軌道
無限延伸且毫無目的
吞食你在我面前的步履
暫且命名為永恆的緘默

（II）

如果坐在旋轉木馬上
你會尋訪到發現我的時候嗎？
遊樂園的人潮隨著光線
流洩，手掌間的溫度是太陽給的
我兀自想著菸蒂散落的位置

是否伴隨腳步的烙印
在吸煙區落款它的身影
那是你所屏棄的上癮

行走好了
拉著自己的手匆忙摔入月色
摩天輪舉著我日益臃腫的生命線
但是它偶爾也會消瘦
往往是離家最遠的時候
而你正背對我的臉孔

觸手可及的深黑色
散漫如一頭失控的野獸
四處咬嚙你的我的膚質

破裂並且流出好久不見的鮮血
或許星光是種肉食性的象徵
我們被高掛成第二個也可能是
第三個發亮的群體

（Ⅲ）

請釋放裸裎，好嗎？
不需要避諱的事
我們造愛

詩句和意象進入你撿拾的筆記本
本子的主人是誰已經不重要了。
你喜歡吞吐一些精準的語詞

從手指和唇舌中釋放
或許就是這樣我們都變了
不再安穩的假裝熟睡

有時候你會吶喊但並不是我的名字
你喜歡我的手指更勝於自己的
說說那些抒情的字樣如何流竄
在無法進入的左心室以及右心房

喘息聲在胴體上繚繞
攀爬熟悉的障礙物
卻是溫柔的。
你是我的第二個母親
所以擁抱

彼此在神祕的集會地點
看清起伏的氣息
於是深呼吸。節奏在鋼索上行走
我躲在你的體位下方直呼小名
你是我名字以外的島嶼

二〇〇九年三月二十六日
發表於《風球》詩雜誌三期

關於海以及死亡

靠近沙灘的呼吸，選擇
一塊空地最好可以看見
鯨群的離去。黑色海域
的彼方，有人解讀到
清醒的光

前往逆風的海岸，練習
被時間複刻；憂鬱的手錶和
昨夜尚未睡眠的情緒一起
在這裡等候。你
始終沒有來

早晨被啤酒罐踢醒，流浪漢
在人群來到以前拾起
剩餘的價值，或許可以換取一份
便當。貝殼上寄放了二分之一
的香菸

逐漸喧嘩的海岸，開始有人
尋找失去的物品當然
也包括你。重複聆聽著
語音信箱，最後決定刪除
一個熟悉的臉孔

二〇〇九年十二月九日
發表於《文學人》八十四期

憂鬱症

貼著鏡子，說了一遍，自己也不懂的語言。

影子上有標籤，尚未過期，安穩地坐在木製的椅子。聽說，房間有光線來過，留下靈魂，擱淺，演變成魚。偶然上岸，練習呼吸，未曾抵達的雨季。於是下了一場六月，長度被夏天沒收。

真的，快要陰天了。瞳孔被窗外放大，圍困，在放晴的角度，一個需要踮腳的視線。

二〇〇九年六月二十六日
發表於《笠》詩刊二七四期

如果我是剝落的岩石

烈陽正在狩獵候鳥
橫越了你打濕的海鹽
我安靜地學習宇宙
諦聽慌張的羽毛

季節的風開始驅趕
還移和距離很近的旅客
使我孤獨像散場的片尾曲
一個人練習歌唱

直到我發現自己的死亡
漂浮在狂噪的墳場
才想起沒有武裝可以對抗
自然的詮釋權而拒絕
攝影師的鏡頭

多年以前你曾告訴我
一個預知夢：
公眾的場合有人看見
她是一位地質學者

二〇一一年九月二十日

港口

我們錯過了彼此的身體
你卻沒有呼喊我的名字
只是欣賞自己閃躲的記憶
依序編碼，被船鳴聲召喚
抵達每一個夜晚的捷徑
夢或者是黎明

離別後回來的那些重複
眼淚，因晚起而悔悟而不得不
暫停一天的行動。假日的

銅板集體在木桌上旋轉
直到開始一趟短程的旅行

收到大西洋的信封
悄悄從你口中吐出一場雪
的味道，口袋裡藏著我
背著海來看你的樣子。
我們曾經打勾勾
還原在某一個下午
遺失的兩顆鈕扣

二〇一〇年三月三十日

海誓

沿岸伏流帶走了我們
抵達遠方隱密的城市；
你眼神堅定不移如書中
標記的符號，我順著劇情行走
輕微觸及彼此與夢之間嚴守的秘密
揭露疲憊且刺激的感官
向海洋顫抖的身體索盡

索求一些稱之為歡愉
或者爆裂性的節奏：
你在我的疆域裡建造城堡

終於我變成你的騎士
藉故捍衛可能的未來
關於過去的誓約，一一擊破
所有入侵的鎧甲

我們曾如此逼近靈魂
與肉體的側面，你撿拾一顆
圓滑的石頭拋擲向彩虹還從
過的廢墟，一同守候黃昏的傾斜
在消逝的瞬間預測出漲潮的時間

海水走進了毛細孔
打開一扇門，繞過重疊的脈絡
——滲血的傷口，痛卻也快樂著

我們錯過開始以前的記憶
在此穿越且呵護潮濕的信仰
無可臆度的海岸邊緣

二〇一〇年三月三十一日

黃昏的船

情緒離開的時候
我們都沒有挽留
只是看見你搭乘
落日的喘息輕微
抵擋我的視線

它橫渡而且模仿
一頭哀愁的野獸
趕在街燈閃成記憶
以前穿越建築中的城市
推開擁擠的喧嘩

你帶走了影子
也把聲帶切除了
我在湖面上拾起
拉扯它僅存的快樂
卻遇見悲傷的波紋
在兩個世界中徬徨

你喜歡流浪
總是一個人抵達
我們的過去：信仰
按時描述風景直到你
也選擇了一個港口

毫無打擾地釋放
所有雜質

二〇一〇年四月十九日
發表於《好燙》詩刊創刊號

當整座海洋背對我的時候

當整座海洋背對我的
時候，你從陽光裡醒來了
揉揉記憶，審視我們
撿拾下午的模樣
——你背對著喧嘩
獨自潛入遠方的視線
記得你擁有乾燥的膚質

後來的你演變成一尾
注視，跟隨漁船抵達
不能所及的島嶼。那裡

有純度極高的信仰
關於山靈的背脊和我們
記載在日記裡的瑣事

昨日書寫的舉止，你
還沒有帶走留給我一種
喘息的揣摩，特有的姿勢
讓我們在轉瞬間成全了自己
屬於不被理解的放縱
無法口述。你說沒有誰必須
原諒誰的情緒，所以我們
再次互換角色終於你累了
我不要你醒來

二〇一〇年四月二十六日

總是貼聽著我們的情緒

你駛過我的港口
留下一個海岸給我：
我們稱之為遠方的
城市，其實是一個
收藏時間的盒子
你也居住在裡面

寫下這些日子做過
的夢，塗上海洋
黏貼著一群候鳥

經過倫敦的鐘聲
那時你會聽見時差
錯過彼此的身體

你懂，那些瘖啞的
筆跡藏匿了行進中的
隱喻：我練習自己
以慶生的方式，穿上
一雙你購買的皮鞋

我開始懷念
那些有你的天氣
關於一場午後的

陣雨，總是貼聽著
我們的情緒

二〇一〇年四月二十九日

輯四

光塵

光塵

我一行一行的寫詩
卻一行一行的消失

轉身之前向你
道過最後的晚安卻變成
一支渺小的夜曲。你在
季節裡笑我像是一枚
永恆的接吻

從前我們曾夢見我們
都是陌生人。一同在清晨

的霧裡揣摩祈禱後的沉淪
它卻像是一陣風不知道
要吹往哪一個方向

或許是一種黑與白的執拗
寂寞轉身時，凝神
最後一節脊骨卻看見了
不該屬於的字眼
不過是那錯落的光塵

二〇〇七年十月三日
發表於《常青藤》詩刊第六期

在夢境中解釋或許是一種美

如果可以但不一定是所謂的必然
請把名字刻劃在我手骨上
即將脫落的指節

風從手背的方向學會嘆息
那謎樣的氣息匯集在城市的出口
拉扯每一種不同的姿勢
部份是關於愛與沒有愛的宣洩

停滯的喘息聲如同分針與秒針交疊
覆蓋著棉花和布以及血跡的摩擦

於是深夜被放逐了
在沒有燈火的路途而終點卻是異樣的香味

迷迭香確實不同
胳膊上的齒痕已經被你注入反叛的逆行
我用生命的面貌向你裸裎
像個孩子譬如水那樣

其實根本就沒有風
而是夢的枝芽、路的延伸
朝一個熟悉又陌生的位子前進
如果還能說些什麼話語
在夢境中解釋或許是一種美

二〇〇九年六月三日
獲第八屆水煙紗漣文學獎佳作
發表於《笠》詩刊二七二期

從這裡走到那裡

從這裡走到那裡
牽手，踩過雨的音階
有時候感覺自己被穿越
透過膚質傳遞一種柔軟
我們總像是誤闖的媒介

陰霾被安葬在這個小鎮
一些日子走過去了
沒有再回來。歲月和憂傷
決定在最年輕的地方
斷句，教室裡還有夢境

來不及留下記號
專屬於彼此的暗號
努力地等待複習，比如
暱稱以及疊字詞的使用
我永遠相信某一天早晨
會無端想起你的倔強

我們總像是誤闖的媒介
透過膚質傳遞一種柔軟
有時候感覺自己被穿越
牽手，踩過雨的音階
從這裡走到那裡

二〇一〇年六月十五日

他們看著我們看著他們

——致八八國難

以為背向城市不會有悲傷的權利

沿著脈絡居住與山神同在
一個目光走遠的村落播種
純樸的幼苗等待長成
另一個幻想。族人們以靈魂
守候部落每次呼吸包括
獵犬躍起的同時以及
孩童潛伏溪水躲避
整個夏天的眼神

夏天的眼神都在默念雨季
的名字直到一個屬於潮濕
的日子聽見傍晚的貓叫聲
之後抵達了夢境。
暴雨在門外敲打
一頭野獸拖曳整座
傾斜的山頭靜默地
埋葬沉睡的族人

瞳孔說了一些黑暗的語言
沒有人聽得見那種聲響
像圍困時的腳尖踮起
絕望的高度。一直以為
夢的長度如此而已

期待被明天發現的時刻
譬如一場遊戲但是沒有喜悅

忽然感覺到一種滅頂前的傷痛
冀望的夢想被時間摔破
碎片成屍橫躺
在不可預測的深度
終於遇見了陽光
軍隊聞著我們的氣息似乎知道
他們看著我們看著他們

二〇〇九年八月十八日

獲八八水災・愛在高縣圖文徵選活動大專社會組佳作

發表於《掌門詩學》五十七期

他們的感情

他們的感情
在風吹的時候打結了

她與夜晚同行離開
暫時的寓所，像一隻
跳蚤不斷依附主體
索取每日必需的營養
留下粗糙的毛髮和沒有噴射的精力

或許他上輩子是個
遊牧民族，在這一世

放逐自己。簽下背德的契約
闖入神聖的禁區
以生肉和鮮血慶祝曖昧

她是獵物，一隻落單的羚羊
奔馳在信仰的邊界以為
那就是草原的面貌。其實
是想被征服的，像刀口下
被肢解的四肢屬於臣服

他們的感情
在風停的時候鬆散了

二〇〇九年十二月三日

發表於《臺灣詩學‧吹鼓吹詩論壇》十號

鐵線加工廠

濃郁的黑油味道塗滿
四周牆壁，迷失了自己
直到規律的機械
運轉聲將自己拉回
輪迴的軌道

午後的陽光躲在鐵皮
屋頂的燈管喘息。
粗鐵絲被拉扯成細鐵絲
但它從沒有喊過一聲
痛

大圓圈分化為小圓圈
在一個地方，群聚攀爬
沿著導輪滑進另一個
世界的界線。排列整齊
由左自右重複安排情節

集體依序走到大卡車
的背脊，找一個合適的位子
坐下等待隔壁的陌生同伴
到齊，再強制分離
始終沒有一個歸屬的家

二〇〇九年十二月十二日
發表於《衛生紙》詩刊九期

如果陽光也能夠知道

早晨的光芒就坐在窗櫺
當彼此清醒而夢境
那樣遙遠的時候
誰都不願指出它的存在

以為午後可以逃避視線
總是如此信仰
彷彿一群瘋狂的教徒
追隨賦予定律的執拗
不可自拔的好像孩子

如果有些糖果或者飲料
就允許回到過去。
笑聲從記憶的邊城飄來
你將它們拼湊成現在

還來不及緊握那些
某種程度的美好
潛意識確然進行
一場複習的寂然
緊閉雙眼成為擁抱

以為你還是一座島嶼時
我演變成暴棄的洋流

磨擦光滑的身體
發現關節上有厚實的繭

疼痛感覺悄然歸咎
季節的錯誤引導，不再橫渡
你理解的路線所以迷航。
同時有一種光線凝神我們的瞳孔
猶如晨曦的早安
輕聲且細語問候

繼續躲藏好了。像通緝犯的身手
它看不見我們在棉被種植的抒情
更不曉得掌心之間的距離
如果睡眠能無限蔓延

或許不會有窺視的裸裎
如果陽光也能夠知道

二〇〇九年五月三日
發表於《風球》詩雜誌六期

只能想念你

飛旋的意念
滑落成乾燥的頭骨
向低窪處靠攏
姿態微微傾斜

你拿走了幾顆
我鍾情的靈珠
丟棄在城鎮的關口
砸到許多側身經過的人

他們攜帶口信
向我兌換潛意識
開始一場隱喻的儀式
時間很醜但它是巫師

祭台上綑綁痙攣
關於無能為力的日子
和死亡很久的情人節
空下一個位子

給你，或者自己。
古老的咒語貼聽著經輪

指認出高地的遺址
刺殺所有鬼魂

二〇一一年十一月三日

他與祂

彼此在瞳孔裡面學習一些
對峙時的沉默，將情緒化作
飄落的木屑，等風走過
便要起迷霧的把戲

他們要你真實地面對自己：
逐漸浮現的臉孔和某種香味
已經抵達了遠方。習慣攜帶辨識
過的檀木香味，你在生命裡
撿起自己，我替你寫下名字

你總會鄙視血流的痛楚，即便
傷痕緊貼身軀，也無法說服你
桀驁下的臣服。我知道你喜歡
音樂，所以敲打木魚替你慶祝
第一次的生日快樂

直到後來，你模仿莊嚴的表情
靜靜地坐在某張供桌，剪裁
祈禱的數字。如果假設還有如果
偶然想起我的眼神，或許你
也會聽見鍾情的節奏

二〇一〇年二月二十七日
發表於《台灣現代詩》二十二期

放晴的雨季而憂鬱再度向陽

一隻貓踩著光線變成了
落地窗。午後街道
被旅客拉為掌心的地圖
尾隨答覆讓憂鬱
長成向陽的花朵

行人道擺滿逾期的磚塊
它們破碎，無法抵達
所謂的美好。縫隙間隱藏
遺失的硬幣尚未生鏽
預言雨季即將突擊

天空迫降囤積的氛圍
偶爾感覺會停歇
出現在不經意的招呼。
還是攜帶把雨傘好了
皮膚抵擋不了季節的侵襲

毛衣走進咖啡店，一股
微冷的香味。如果濃度與文字
同時緘默，桌上的稿紙
不會擱淺。筆觸來不及行走
漩渦常常帶來幻想

某些生長的夢在發芽
印著清晰臉孔。忽然

想寫一首情詩送給陌生的異性
服務生的盤子搖盪著玻璃水聲

詩句掌握它們的對話
詩人只是一種角色。那些
言談關於童年的玩具
夾帶背德的潛意識
被禁錮的理想

成年人選擇釋放
承擔繁衍或者
無形的訴說。
愉悦有自己的別名
激情聽懂它的方言

詩人的經驗書寫與想像真實
觸感像鐘擺的秒針
疾走了幾個角度
停留一首詩的長度。
落地窗外有一隻貓正背對著
放晴的雨季而憂鬱再度向陽

二〇〇九年五月十三日
發表於《風球》詩雜誌七期

咖啡店

如果，我剛好經過
你存在的地方
會不會像一隻流浪貓
對於老鼠或者是魚
擁有過分詮釋的武器

找了一個位子，坐下
旋轉燈光在咖啡杯
跳起一支舞。情緒

仰角，窗外行人正計算著
我和雨天的最大值

二〇一〇年七月十日
發表於《臺灣詩學・吹鼓吹詩論》十二號
入選喜菡文學網《詩一百》

風箏

下載完最後一首歌
只剩摺疊的風
和被你搖醒的夢
我們罐裝童年
在城市的銀河
想搭乘一艘紙船
觸及彼岸的靈魂

二〇一一年七月十五日

【評論】自然與城市的交響——余小光詩中「物」的趣味

高維宏

這本詩集裡面收錄了余小光的四十八首詩作，涵蓋了從二〇〇六年到二〇一一年之間完成的作品。五年的時間說長不長，但對於二十多歲的年輕人而言，五年是橫跨學生時光，逐漸走出大學生活，邁向研究的領域或是走向社會的重要過程。

在這段時間，除了學習知識以外，我們同時也學習對外在事物要有更敏銳的感受，對自己的感受要能作到更適切精準的表達。這些已經不只是詩人的工作，特別是在詩人的光韻已經模糊的年代。說詩人的光韻已經模糊，並非是要質疑詩人的寫作，而是想要藉此談論一個時代的趨勢或是特徵。光韻（Aura）是班雅明所提到的一個用語，在論《機械複製時代的藝術作品》中，談到傳統藝術的崇拜價值已隨著複製的技術而逐漸消逝。

光韻是一個很寓言式的切入點，說明生產方式的改變同時影響了讀者接受文本的方式以及態度。在評論之前，我想先以此為楔子。因為如果我們盡可能地瞭解了文本的立足點、指涉對象，文本與其他文本的互文，我們會較容易找到進入文本的路徑。我們所處的時代是一個「風格」、「特色」被大量重複的時代。這使得對我們這一輩的詩人而言，創作出自己的語言特色已是件困難的事。

如何用新的語言、形式負載新的內容，文學與生活之間的連結，這些是小光創作時會面對到的問題。而我試圖從以上幾點，為讀者們先對小光的作品做初步的評論探討。

一、以動物視角探索歷史與城市

余小光的詩擅長用各種視點捕捉城市的氛圍。在使用動物作為敘事主線時，常以擬人的角度對城市作側面且細膩的觀察，例如〈寫給貓咪〉中第一段寫到：「背光的午後，我們／都醒了；不能行走以為／瀕臨夢的邊界，你躲藏／在鏡子裡面，丈量彼此／揉眼的距離」一首先藉由貓會用腳掌整理自己儀容的動作，做具象與抽象的聯想。

在末段則寫：「你溫柔的爪子，正秘密探尋／合適的鞋子。一如往常，調整／月光的角度，在下一個十字路口／左轉，遇見了熟悉的守衛，但是／沒有問候；你習慣在床底找一個／位置，舔拭我的腳趾頭／構想明天流浪的路線，當然／也包括今天夢的捷徑」此段的開始採取平順的敘述，以貓的視點觀察週遭的景物。這樣一個從外在觀察的寫實角度到了末尾的「夢的捷徑」有了變化，現實的路線以及睡眠與夢、實與虛悄然相連。

以動物作為現代詩內容的作品不少，然而從頭到尾都以動物視角作為敘事的主線，就不算是常見了。不只是〈寫給貓咪〉，在余小光的詩中則有多首作品也使用了類似的視角，如〈寫給黑鷹〉、〈寫給貓頭鷹〉等作品。

除了以動物視角為主線之外，詩集中也有很多動物與我的互涉。例如〈失序過後〉：「偶爾叼起碳筆圈下自己的影子／有時候會對著另一個自己犬吠」或是〈做了一個你也做過的夢〉：「離開憂傷之後安穩地熟睡／在一棟陳舊的公寓／偶爾做著獸族的夢」以及更形而下敘寫人的生理經驗的〈低等動物〉。從人的生理、身體經驗反思動物與自身的同異。

二、身體、城市與島嶼書寫

在現代詩中使用物與我的相互指涉，在台灣早自於一九三〇年代風車詩社的作品。這種相互指涉不只是使用擬人法，還包括把人的主體經驗藉由物的性質以表現。若強調物與我之間的重合點，則常藉著對於身體的書寫。身體書寫在台灣約於一九九〇年後愈來愈常見，在與當時文化情境的互文性中，這是一個可以呈現「張力」與「陌生化」的方式。然而在二〇一一年的今日，對於身體的書寫已經普遍見於年輕世代的詩人寫作之中。

余小光的作品也有對於身體的書寫，但他沒有停在這一步，而有從身體書寫至外部城市或島嶼之間的連結做進一步的思考。在作品中，個人的身體經驗與城市、島嶼的結合，表現的最好的是〈印象馬祖〉：「沿著氣味行走／目擊許多靈魂／躲藏在國境之北／或許靜謐／他們選擇了遺棄城市／在此偽裝停止呼吸的愛」以及末尾「夫人村距離港口剛好是一瓶啤酒／聆聽老兵多年前的腳步聲／排列在同一個碉堡裡面／預備射擊彼方對生存的局部誤解／彷彿一切戰爭還沒有開始」。身體的經驗與城市的經驗，實體的動作至抽象的思考在此有了水乳交融的結合。

在作品中，城市與島嶼不只是被描述的目標，余小光也常借用城市與島嶼的意象敘寫內容，如〈海誓〉：「沿岸伏流帶走了我們／抵達遠方隱密的城市；／你眼神堅定不移如書中／標記的符號，我順著氛圍行走／輕微觸及彼此與夢之間嚴守的秘密／揭露疲憊且刺激的感官／向海洋顫抖的身體索盡」此處的城市與海洋沒有現實的特定所指，而是情感鋪敘時所使用的符碼。

身體書寫、從身體經驗至城市的連結或藉由符碼鋪敘身體經驗與情感在作者的作品內都相當常見。然而筆者以為其中表現最好的是第二類的部份，因前者容易流於自我消耗、重複，後者則容易導向空泛。

三、物件的意象

作者另一個擅長表現的部份是藉由實體的物件結合抽象情感、事理的探討。如〈光塵〉：「我一行一行的寫詩／卻一行一行的消失」藉著光線照到灰塵的景色聯想到詩的寫作。或是城市的物件，如〈許願池〉：「所有情侶，將自己說成誓言，寄生在銅製的貨幣，以拋物線回憶存放，聽見輕聲的嘆息。它遇見過許多悲劇，被遺忘的廣場，包括一對不倫的戀人，這裡有他們的句點。」「太多的我愛你，只能沉澱，長成青苔，愛情滑倒。……」諸如此類作品，常藉由具體對抽象做饒富趣味又讓人反思的描述。我們所處的是一個物件與幻象交錯的年代，物不僅作為物，而是包括幻象一起在商品市場中流動。拆解原本對於物的想像方式，重構想像的意義，筆者以為這是可以繼續著力的書寫策略。

小結

以上三點是筆者認為余小光詩作較為吸引我的部份。然而若要對於讀者以及對於余小光負責，還是必須指出一些筆者所看到的困難，尤其這並非只是余小光所面對的困難，而是我們這一世代廣泛讀者與作者都會面對到的困難。

首先是意象與詞彙的重複，作者有許多詞彙在詩文本中時常重複，例如陽光、海洋、天空、島嶼、風、雨、夢、凝神、悲傷、選擇等等。意象與詞彙若大量重複，使許多詩作讀起來會有相似的氛圍而陷入自我重複。

接著是意象與詞彙的相似組合方式。在網路世代的大眾傳播工具，使今日我們相較於以往世代，經驗有著更多的重複。對於重複的突破是在網路世代的讀者與作者都會面對到的困難。這種困難也可能化成轉機，這一個世代不缺乏資訊，而是缺乏處理資訊的能力。因為如果只有一種處理資訊的能力，會很容易把接收的資訊以類似的組合方式加以排列。類似的組合排列方式可能構成標誌作家作品的風格，但也容易成為作家的包袱以及侷限。

上述缺點是許多創作者都會面對到的困難，作者面對到這些困難，但也有試圖克服與重構，特別是他還只是位二十歲出頭的作者，未來仍有很多可以再進步發揮的空間。筆者認為作者若能就以上所說的亮點，繼續做更多深度的探尋與創作，未來成長都是指日可待的。除此之外，很高興余小光的詩作得以順利出版，在此拋磚引玉，期待更多人討論余小光的詩作。也祝福我們的作者以及喜歡詩的讀者。

二〇一一年六月五日筆

語言文學類　PG0661　吹鼓吹詩人叢書14

寫給珊的眼睛

作　　者 / 余小光
主　　編 / 蘇紹連
責任編輯 / 孫偉迪
圖文排版 / 邱瀞誼
封面設計 / 王嵩賀
封面繪圖 / 簡佑君
內頁插畫 / 鄭羽婷
內頁攝影 / 羅國瑋

發 行 人 / 宋政坤
法律顧問 / 毛國樑　律師
印製出版 / 秀威資訊科技股份有限公司
114台北市內湖區瑞光路76巷65號1樓
電話：+886-2-2796-3638　傳真：+886-2-2796-1377
http://www.showwe.com.tw
劃撥帳號 / 19563868　戶名：秀威資訊科技股份有限公司
讀者服務信箱：service@showwe.com.tw
展售門市 / 國家書店（松江門市）
104台北市中山區松江路209號1樓
電話：+886-2-2518-0207　傳真：+886-2-2518-0778
網路訂購 / 秀威網路書店：http://www.bodbooks.com.tw
國家網路書店：http://www.govbooks.com.tw
圖書經銷 / 紅螞蟻圖書有限公司
114台北市內湖區舊宗路二段121巷28、32號4樓
電話：+886-2-2795-3656　傳真：+886-2-2795-4100

2011年12月BOD一版
定價：200元

國家圖書館出版品預行編目

寫給珊的眼睛 / 余小光著.-- 一版. -- 臺北市：秀威資訊科技, 2011.12

面； 公分. -- (語言文學；PG0661)(吹鼓吹詩人叢書；14)

BOD版

ISBN 978-986-221-861-7(平裝)

851.486 100020450

讀者回函卡

感謝您購買本書，為提升服務品質，請填妥以下資料，將讀者回函卡直接寄回或傳真本公司，收到您的寶貴意見後，我們會收藏記錄及檢討，謝謝！如您需要了解本公司最新出版書目、購書優惠或企劃活動，歡迎您上網查詢或下載相關資料：http:// www.showwe.com.tw

您購買的書名：________________________________

出生日期：________年________月________日

學歷：□高中（含）以下　□大專　□研究所（含）以上

職業：□製造業　□金融業　□資訊業　□軍警　□傳播業　□自由業
　　　□服務業　□公務員　□教職　□學生　□家管　□其它_____

購書地點：□網路書店　□實體書店　□書展　□郵購　□贈閱　□其他

您從何得知本書的消息？

□網路書店　□實體書店　□網路搜尋　□電子報　□書訊　□雜誌
□傳播媒體　□親友推薦　□網站推薦　□部落格　□其他__________

您對本書的評價：（請填代號　1.非常滿意　2.滿意　3.尚可　4.再改進）

封面設計____　版面編排____　內容____　文／譯筆____　價格____

讀完書後您覺得：

□很有收穫　□有收穫　□收穫不多　□沒收穫

對我們的建議：________________________________

____

____

____

請貼
郵票

11466
台北市內湖區瑞光路 76 巷 65 號 1 樓
秀威資訊科技股份有限公司 收
BOD 數位出版事業部

（請沿線對折寄回，謝謝！）

姓　名：＿＿＿＿＿＿＿＿　年齡：＿＿＿＿　性別：□女　□男

郵遞區號：□□□□□

地　址：＿＿＿＿＿＿＿＿＿＿＿＿＿＿＿＿

聯絡電話：(日)＿＿＿＿＿＿＿＿(夜)＿＿＿＿＿＿＿＿

E-mail：＿＿＿＿＿＿＿＿＿＿＿＿＿＿＿＿